米岡隆文最終句集

Yoneoka Takafumi

静止線

青磁社

静止線＊目次

米岡隆文最終句集

静止線

たくさんの今

二〇二一（令和三）年

たくさんの今が分れてしゃぼん玉

――第二十八回西東三鬼賞入選作品

原子炉を抱いて墓標の青岬

立葵すっくと天を裂くつもり

時間からっきょうの皮つるうりと

精神のもっとも奥は五月闇

頭すかすか糸瓜の束子コロン

瞬間蠅叩き付自動人間

シマウマもトラウマも真裸が好き
くちなわはどこからしっぽ結ぶ紐

かなしみは水のかたまり成せる滝

青葉闇行方不明のひとと会う

はくれんのせつなきひかりはねかえす

行くのなら今、春の日の真ん中を

君は今ひかりの中の紋黄蝶
ブランコとぶらんこの影すれちがう

麗らかやラカン阿羅漢あら、やかん

存在の不明　陽炎は鮮明

にくたいとさかい目のなき朧かな

みちみちて夜をひとめぐり春の水

輪郭のほどけてあなた春の雨

野あそびのきみはいっつも隠れ鬼

夢醒めてひかりの中を春の雨
やまざくらひかり身ぶるい浴びるほど

どこまでも海のつづきの春の夢
春宵の無限につづくマトリョーシカ

五十六億七千万年後の春塵

円空も空海もまた春の空

朧夜を切り裂いてゆく妻の声

春昼の安楽椅子と電気椅子

結論のなくて膨らむ春満月

たなごころするりとぬけて春の水

これは夢あれはうつつの蜃気楼

おのずから春の瞳はみえません

春の夜のだまし舟から奴《やっこ》さん
山はほほえむ木霊よくはねまわる

炎心がもっとも醒めて春の燭
春ですよルビンの壺へ頰寄せて

ひとり雨そしてしぐれがはるさめへ

飲食のさびしき村や忘れ霜

指先が透けてときどき月光へ

また来るねが最期のことば神無月

一本の骨のみであり神無月

世界樹になり切れず聖夜のツリー

肺尖に点す燭の灯 クリスマス

魂魄の塊うつる青写真

切干を真水で戻すように愛

さざなみは蕊の奥より寒椿

透明な空間　南天の実の素描

どう寝ても初夢が滑って困る

ふんわりと布団の上をあそんでる
手袋を裏返す十指が消える

ひとたびは愛であったか木枯しよ

寒の雨　火を鑽る音に目覚めけり

白鳥はふるえのごとく火のごとく
できたてのたましいである毛糸玉

あかときあのときあの山こえて雪

あられあらわれあわれわれわれあらわ

雪姫に会いたし雪は限りなし

冬空を支える人柱であり

冬眠をするのしないのお父さん

ナイフもて冬の虚空を削る画家

小面の裏側ばかり吹《ふ》雪《ぶ》きけり

骨だけになって見ている冬景色

——第二十八回西東三鬼賞秀逸作品

コロナウィルスヒポコンデリー症候群

擦過音

二〇二〇（令和二）年

冬霧や樹々の間をゆく擦過音

ここからは海まっさらな秋である
火の恋し夜は人形動き出す

木の実落つ地の剝落の続きけり

秋の蛇またはぉ凋びた朱の絵の具

赤い月きっと誰かが泣いている
爪先を上げて抱かるる十三夜

どこでも眠れる朝の銀木犀
みずうみの底いちめんの大花野

頬撫でて時間の風がすすきの穂

たじろぎはたった一《ひと》木《き》のナナカマド

晩秋の風の言の葉樹のことば
時間とはこの世の果ての月明り

たゆたいの街角　金木犀の香
かたまって金木犀の花の雨

一樹ずつ音叉のふるえ黄落期
かの世より涼風として戻り来る

勾玉のひかりを纏う額の花
身体からさらさら淋し蟬の殻

空を撃つ鳥の羽搏き五月来る

薄荷負う虹の架橋を渡るとき

一刻はひとかたまりの薔薇の渦
山彦の人を恋うかに若葉風

薬局を出て白雨ずぶ濡れの妻

ひかりよりりかるくなったよころもがえ

蛇身にて境目のなき主旋律
日常の剥落蛇の衣はらり

卒塔婆をあまりに長い蛇の衣

げんげ摘み汝が冠となれるまで

少年は時の輪のなか青き踏む

夏川を遡り身の透けている

カタコトヲクイナヒクイナヒトクイナ
紫陽花のうらはあかるいあまるがむ

半生は誤解のままの午睡です
〈わたくし〉は死んでいるなりかたつむり

そもそも自我は崩れる苺ミルク

かなしみは隠してばかり青葉闇

薫風に乗って田園都市巡る

大夕焼うまくできたよ逆上り

水をもて海と夏空塗りわける

にんげんがいちばん戦ぐ青葉風

おむすびを頬ばりすぐに踊りの輪

万華鏡眩暈紫陽花ラピスラズリ

わたしなくなるまで夏鏡みがく
大空を歩めるここち風船売り

インフレーション宇宙論ゴム風船

風船の内部疾風《シュトルム》怒《ウント》濤《ドラング》なり

いちまいの風のごとくに春ショール

スクワットポカリスウェット春の月

かざぐるま風がまわっているんだね

春風の裏側にいる影法師

牡丹雪昭和が軍馬と共に逝く

ずぶと春泥、黄泉を突き抜く足裏

夕暮れの星となるべく花の芯
春月はどうしてこんなにかなしむの

花満つるきざし鳥居をくぐる風

春色や曖昧になるものばかり

枝先のはくれんはがれゆく心地

馥郁と白梅夢の切れ目より

たくさんのわたし陽炎気もちいい

のこのこさいころ⊡が出たので春

とわにわが生《しょう》死《じ》わからず花吹雪

なんでもかんでも夢につめこんできさらぎ

この道をずんずんゆけば春の星

さみどりの枝のすっくと梅二月

やわらかい出会いはいつも春の風

ためらわずお入りなさい春の風

いちまいの花の先だけたそがれて
やわらかに花へくちばし容れている

いつまでもさまようものを花という

春宵は身心揺れるよく揺れる

まわれ回れ春のひかりよ水ぐるま

初夢や無限にのびるゴムバンド

スウィングの雪崩の音の遙かより
透けている南天の実の向うがわ

落葉の広場　ダルマサンガコロンダ

にんげんはそこはかとなく冬木立

空白を折りまげて一対の鶴

寒に入り立とう立とうと茹で玉子

ゆっくりと詩歌は滅ぶ冬霧へ

寒明けてムンクの口へ無限の◯《わ》

さながらに崩れる空や花八ツ手

侘助や老いたる妻を知らぬまま

レモンの香

二〇一九（平成三十一・令和元）年

レモンの香時間に傷のあるごとく

とけてゆく国家のかたち氷柱花

一脚の紅フラミンゴ秋思中

夕霧ののちの世に立つ針葉樹

月光の束を手折りて葦の舟

月光に抱かれている君ばかり

たわやかにみのれる月の光にて

いつまでも堕ちてはこない秋の空
と言われてもやっぱりわたし秋の水

白桃をてのひらに受く　わかれです
いま少し生きてあなたへ秋扇

かれとのわかれわれとのわかれは秋

眼底をすわ一大事星流る

流れ星　空海の咽へと刺さる

頬っぺたを横切《よぎ》る剃刀流れ星

細胞のひとつひとつへ新走り

喉《のみど》まで見せて鬼灯貫けり

天の川銀河ただひとり眩ゆし
いつの間にあなたを祀る星祭

思想する途上できあがる肉じゃが

ああああれは銀河か束になって降り

枝ごとを黄落フルートの音色

銀河いまラピスラズリの曼荼羅図

点点とデータベースを雲母虫

万緑や猫バス右往左往して

命終の削氷買いにコンビニへ

おちこちへ領巾ふるごとし蛇の舌

メタファーの舌ひらめかせするり蛇

メビウスの輪なすくちなわどう解《ほど》く

早春はDマイナーでやってくる

アイネ・クライネ・ナハトムジークの春

春宵の部屋の時計はみなホント
あめつちの色を回せばしゃぼん玉

ささやきは旅のはじめのアマリリス
かなしみは螢袋へ詰めておく

先生の頬へぴしっと雪礫

恐竜の卵を抱いて日なたぼこ

やさしさはポストの上の雪兎

静止線

二〇一八（平成三十）年

折り返す空ふらここの静止線

地上にはだあれもいない十三夜

晩秋よ阿修羅の腕うごくのは

まだ澄まぬ銀河の水を金盥
流れ星きっと誰かが堕ちる音

春は逝く涙袋を引きながら
水青きままなり五月の死者は来る

星涼し漆絵となる辰鼓楼

紫陽花の夢見るごとし万華鏡

眼裏にまだ紫陽花の色覚図

涼しさは空白多き旅程表

青水沫沖縄のくちなわ動く

浜日傘渚の砂の緊まる音

八月やうすくれないの心の臓

香水の曇拾うそこからが恋

理科室の夏ひとりでに鳴る音叉

瓢箪はひよりひいより風が鳴る

ぜんまいのゆれるほどけるはじけてる
電線にマリオネットのちぎれ爪

日輪の軽々として春愁い

春疾風さぞや天使は道草を

春風の骨を拾うてばかりいる

微振動きさらぎ朔日の木立

天上へいかのぼりまだ置いたまま
ぶらんこにあきたらサクマドロップス

古井戸に銊の立つ冬景色

霜月の真っ赤な夜のクーデター

青写真日翳るときは見つめ合う

いつからか障子の紙になっている

どうしても布団の中で歩いてる
竹馬の片脚溶けて黄泉の国

らっこヒップ抱っこラップのほおかむり

鬆

二〇一七（平成二十九）年

一撃の斧の空振り銀河は鬆

ヽが〇へかわる今朝の秋

秋薔薇の蕊やわらかき時解《ほど》く

秋の眼や世界は半分濡れたまま

ここからが意識の切れ目秋の空

花瓶よりどっとあふれる天の川

肺胞のごとき樹木よ秋夕焼

赤方へ曲る空隙曼珠沙華

稜線のあらわる霧に霧吸われ

にんげんがほんの一樹である秋思

睡蓮のまだ眠そうなとけそうな

正殿の千木へ真向う青葉風

万緑や金色の眼を閉じる猫

罌粟畑を戦ぐしばらく罌粟でいる

梅雨闇を八頭立ての金の馬車

このごろの雨か玉葱刻む音
おもむろに時はほどけてところてん

戦争へ傾く国の葱坊主

短夜の吾を見つめる置き眼鏡

少年のサーフボードは白き傷
湖に来て海恋う夏のギタリスト

とんぼのめのなかのわれのめのなかの

第三次世界大戦前夜の虹

青春の穴あき切符夏の海

風位いま何れの方を青葉潮

沈むレリーフ浮游する蟾蜍
揺れたのは君かそれとも夏草か

空白を埋めんとして春の雪

春先は鉄気のにおい玉子焼

春空を抓み上げてる海キリン

幾層の天の階梯朝霞

花びらは風の間隙潜り抜け

晩春や間奏曲はマスカーニ

一条の傷や冬日のビー玉に

アクアリウム三脚を欠く高足蟹

冬麗の鏡の中を拭き掃除

節分や父が鬼面をはずすとき

和音

二〇一六（平成二十八）年

涼風の潜りて合歓の葉に和音

秋草の曲る鉄路に沿う疎密

秋蝶のまどろむ夢はまひるの野

秋風裡嘴持て余す伽藍鳥

目瞑りてこころの内をみどりの夜

生き死にのことはさておき柏餅

開け放つどこでもドアー夏館

夏の闇執金剛は動き出す

卓上のひかりは鋏入梅す

ハレの日の薔薇はさみしい刺と棘

木下闇曳けば青条揚羽なり

海眠る水を枕に背の泳ぎ

漆黒のうつばり太し夏座敷